A TODA VELOCIDAD

A TODA VELOCIDAD

Eric Walters

Traducido por
Queta Fernandez

orca soundings

ORCA BOOK PUBLISHERS

Copyright © 2008 Eric Walters

All rights reserved. No part of this publication may be reproduced or transmitted in any form or by any means, electronic or mechanical, including photocopying, recording or by any information storage and retrieval system now known or to be invented, without permission in writing from the publisher.

Library and Archives Canada Cataloguing in Publication

Walters, Eric, 1957-, author
[Overdrive. Spanish]
A toda velocidad / Eric Walters; translated by Queta Fernandez.
(Orca soundings)
Translation of: Overdrive.

Issued in print and electronic formats.
isbn 978-1-55469-055-8 (pbk.).—isbn 978-1-55469-056-5 (pdf).—
isbn 978-1-55469-430-3 (epub)

I. Title. II. Title: Overdrive. Spanish. III. Series.
ps8595.a598o94182008   jc813'.54   c2008-905997-2

First published in the United States, 2008
Library of Congress Control Number: 2008936896

Summary: When Jake is involved in a street-racing accident, he struggles to do the right thing.

Orca Book Publishers is dedicated to preserving the environment and has printed this book on Forest Stewardship Council® certified paper.

Orca Book Publishers gratefully acknowledges the support for its publishing programs provided by the following agencies: the Government of Canada through the Canada Book Fund and the Canada Council for the Arts, and the Province of British Columbia through the BC Arts Council and the Book Publishing Tax Credit.

Cover image by Getty Images

ORCA BOOK PUBLISHERS
www.orcabook.com

Printed and bound in Canada.

20 19 18 17 • 6 5 4 3

Para mi hijo, Nick, a los dieciséis años
y con licencia de conducir.

Capítulo uno

—¿Y por fin qué? —preguntó Mickey.

Me saqué la licencia de conducción del bolsillo y se la puse delante de la cara.

—¡Qué bien, Jack! —dijo, y chocamos las manos.

—¿Tenías alguna duda? —le pregunté.

—Bueno, yo sabía que tú sabías manejar, pero un examen es otra cosa.

Y ya sabes que ni tú ni yo somos buenos para eso.

—Para este examen sí que estaba listo —le dije.

—Ahora que tienes la licencia de conducción, todo lo que necesitas es un carro.

—Eso está resuelto.

—¿Seguro?

Le dije que sí con un movimiento de cabeza.

—Ven y verás.

Mickey me siguió hasta la entrada del garaje.

—¿Tu hermano te dio este carro? —preguntó Mickey incrédulo.

—No me lo dio, me lo prestó —aclaré.

—¡Qué onda!

—Me dijo que el día que uno saca la licencia tiene que poder conducir, así que me lo prestó por esta noche.

—Tienes el mejor hermano del mundo —dijo, riéndose.

—No es para tanto.

A toda velocidad

—¿Que no es para tanto? Lo único que mi hermano Andy me da son problemas.

—Por lo que yo he podido notar, tú le das a él más dolores de cabeza que él a ti.

—¿No has escuchado que es mejor dar que recibir? —dijo Mickey riéndose—. También me parece justo que te lo preste, después de toda la ayuda que le has dado para arreglarlo.

—Él no me la ha exigido, y a mí me encanta la mecánica. Además, él me ha enseñado mucho.

—¿Quieres decir que tu hermano sabe más que tú de mecánica? —preguntó Mickey. Y me encantó la forma en que lo dijo, como si no creyera que eso fuera posible.

—Sí, él sabe más, pero es dos años mayor —hice una pausa—. ¿Quieres dar un paseo, o no?

—¡Claro que sí! ¿Adónde?

—Pensé que podríamos pasar por el *mall* de Lakeshore o ir a *Burger Barn* y comprar hamburguesas y papas fritas.

—Para luego es tarde —dijo Mickey—.
Vamos a ver a la gente y a dejarnos ver.
Me voy a cambiar de ropa.

Mickey caminó de prisa hasta su casa.

—¿Cuál es el problema con lo que
tienes puesto?

—Los zapatos están bien, pero lo
demás está como para andar por la casa.
Me voy a cambiar de ropa y a arreglar el
pelo.

—¡Apúrate! —le grité—. No tenemos
todo el tiempo del mundo.

Y no estaba exagerando. Mi hermano
terminaba de trabajar en la tienda a las
nueve y media, y yo tenía que devolverle
el carro a las diez, porque él iba a salir.

Me metí en el asiento del chofer de un
salto. Encendí el carro y el motor cobró
vida con un ronroneo suave. Apreté el
acelerador y el ronroneo se convirtió en
un rugido fuerte y poderoso.

Este carro no era como los demás.
Esto sí era un carro. Andy y yo trabajamos
juntos para reconstruir el motor que ahora
tenia 300 caballos de fuerza, además

A toda velocidad 5

de ponerle un tubo de escape nuevo. Le cambiamos la suspensión para que el chasis quedara más bajo, lo que haría que tuviera más estabilidad en las curvas a alta velocidad. Mi hermano quería que el carro volara, pero que no despegara.

Andy le puso luces especiales delante y detrás. Luego, le agregó un alerón en la parte trasera. La semana pasada le dimos tinte a los cristales de las ventanillas para poder ver a la gente y no ser vistos. ¡Qué maravilla! Ahora le estabamos dando los toques finales. Estabamos arreglando la carrocería y luego lo pintariamos. La carrocería no estaba mala, sólo algunos lugares oxidados, arañazos y algunas abolladuras pequeñas, pero lo ibamos a pintar completamente. Le quitamos todos los emblemas y nombres que traía de fábrica. Dice Andy que Chevrolet hizo el carro, pero que va a quedar tan bueno que él no quiere que ellos se lleven la gloria. En los lugares que reparamos, se podian ver las marcas de la pasta para rellenar y la pintura de base. Lo lijamos todo y ya estaba listo para la pintura final: roja. Eso lo haremos la semana que viene. Rojo es el color perfecto. Sin duda, es mejor que el color indefinido que tiene ahora. Algo así como un gris oscuro.

Mickey bajó apresuradamente los escalones de la entrada de su casa. Tenía la camisa abierta, traía los zapatos en la mano y estaba en peligro de dar un tropezón con los pantalones medio caídos. Cuando me dijo que se iba a cambiar, no pensé que lo haría dentro del carro. Cayó de un salto en el asiento del lado del chofer y dijo:

—¡Andando!

Capítulo dos

—¿Así que tu hermano te ha prestado el carro sólo por esta noche? —preguntó Mickey.

—No. Me dijo que mientras yo contribuya con dinero para la gasolina y las reparaciones, puedo usarlo de vez en cuando.

—¡Fantástico! Y esto lo hace oficial —dijo Mickey.

—¿Oficial qué?

—Que somos los dos tipos con más onda del noveno grado.

—¿Y cómo es que te diste cuenta?

—Bueno, por el estilo que tenemos, lo bien parecido que somos y ahora ésto —dijo, señalando para el carro.

—¿Ah, sí?

—Piénsalo bien. Tú eres el primero y, hasta ahora, el único alumno de noveno grado en toda la escuela que tiene una licencia de conducción. Digamos que queremos salir con dos chicas. Tenemos una ventaja sobre los demás: las podemos ir a buscar en carro, socio. A los otros los tienen que llevar sus mamás, o ir en autobús o en bicicleta. ¿Qué crees que es mejor, el carro o el transporte público?

No pude negar que tenía razón.

—Y nadie más en nuestro grado puede ni siquiera pensar en la licencia hasta el año que viene, porque nadie tiene la edad requerida. ¿No ha sido una bendición haber reprobado el año pasado?

—No es así como yo lo veo.

Y ni hablar de cómo piensan mis padres al respecto. Todavía tiemblo de pensar en el año pasado. La escuela no ha sido nunca de mi predilección. En realidad siempre me ha resultado muy difícil, pero el año pasado fue todo un desastre. En la primaria, las maestras eran muy buenas, me estimulaban y siempre estaban listas para ayudarme. El año pasado no fue así. El noveno grado fue como si me cayera un piano en la cabeza. Tuve ocho maestras diferentes y ni me aprendí sus nombres a derechas. No es de sorprenderse que ellas ni me conocieran, o les interesara yo un comino.

Hice mi mayor esfuerzo. De veras que sí. Pero al final, reprobé seis de las ocho asignaturas. Sólo tuve buenas notas en tecnología y en educación física. En el resto de las asignaturas no comencé bien y fui de mal en peor. El subdirector trató de convencer a mis padres que me trasladaran a otra escuela, pero nadie estuvo de acuerdo, especialmente yo. Al final, iban a hacerlo de todas maneras aunque a mí no me gustara.

Fue entonces que la señorita Parsons intervino y dijo que sería mi consejera y que me ayudaría. Este año ha estado atenta a todos mis problemas, preocupada por cómo me va y ocupándose en caso de que yo necesite ayuda. Es muy buena y me cae muy bien. Y lo más increíble, confío en ella.

Pensé que al repetir el noveno grado, todo sería la mitad de difícil, pero al contrario, todo es el doble de aburrido y tan duro como siempre. Hasta ahora, he aprobado todas las asignaturas a pesar de que en cinco de ellas, matemáticas, geografía, historia, inglés y biología, he aprobado en un hilo, con calificaciones de cincuenta y tanto. Ni sé para qué necesito esas clases. ¿En qué puede servirle la historia a alguien que quiere ser un buen mecánico? La única historia que necesito saber es la historia del automóvil que voy a arreglar.

En las otras asignaturas, educación física, tecnología y mecánica automotriz, tengo notas altas. Tan altas, que han

A toda velocidad 11

elevado mi promedio a 65. No es algo grande, pero lo suficiente como para que me dejen en paz.

—Te aseguro que nunca te imaginaste que reprobar un grado representaría una gran ventaja.

—¡Ya lo creo! Por eso fue que lo repetí. Para ser el alumno de más edad del noveno grado —dije—. Lo tenía todo planeado.

—Y fue un plan genial.

—Y quiero darte las gracias por recordármelo —le dije.

—¿Qué dices? —preguntó Mickey—. ¿Es un secreto?

—El único secreto es la razón por la que no te rompo las narices.

—¡Ay, pero qué susceptible eres!

Y tenía razón. Era un tema que me irritaba. Fue muy duro tener que quedarme en noveno mientras todos mis compañeros de clase, desde kindergarten, pasaban de grado. Al principio no conocía a nadie en la clase, hasta que apareció Mickey. Creo que no debería ser tan duro con él. Mickey me ayudó a sentirme aceptado y a hacer nuevos amigos. Algunas veces veía a mis viejos amigos. Teníamos educación física y tecnología juntos. Pero todo era diferente. Algunos me trataban igual que siempre, pero la mayoría me miraba como si yo fuera un extraño.

Y estaban aquellos, los muy odiosos, que nunca me trataron bien. Deben imaginarse la clase a la que me refiero: los que los padres tienen un poco más de dinero que los demás, o aquellos que tienen mejores ropas, o los que no tienen que esforzarse para tener buenas notas. ¿Por qué algunas personas, a las que les va muy bien, tienen que recordarles a los demás que son mejores que ellos? Había un par de esos que siempre aprovechaban la menor oportunidad para probar que yo no era tan inteligente como ellos. Si no fuera porque no puedo darme el lujo de que me expulsen de la escuela, les demostraría que estarme molestando no era señal de tener cerebro, a no ser que quisieran llevarlo en la parte de afuera del cráneo. Me encantaría patearlos justo en...

A toda velocidad 13

—¡Mira ese carro! —gritó Mickey, mientras un Acura plateado pasaba en dirección contraria.

—No está mal —dije, tratando de no lucir impresionado.

—Es posible que le pase a éste como un bólido —dijo Mickey.

—No puede —dije—. El hecho de que luzca bien no es señal de lo que lleva debajo del capó.

—Tampoco quiere decir que no tenga lo que tiene que tener —dijo Mickey.

—Créeme. No necesito averiguar lo que tiene debajo del capó porque yo sé lo que tiene debajo del capó. Este carro sí se mueve bien.

—¿Me quieres decir que éste es el carro más rápido? —preguntó Mickey.

—Por supuesto que no. Esta noche vamos a ver otros que están realmente en las ligas mayores. Trata de no dejarte impresionar por las cosas que no son impresionantes.

—Hablas como si yo no supiera nada de carros —dijo defensivamente.

—Bueno...la realidad es que no.

—Yo no sé de carros como tú, pero yo sé de carros —dijo.

Llegamos a una luz roja y nos detuvimos.

—Mira esos dos en el otro lado de la calle —dijo Mickey, señalando al otro lado de la intercepción.

Había dos carros, un Acura y un Camaro, uno al lado del otro. Podíamos escuchar los motores. Miré las luces del semáforo en la otra dirección: verde, amarilla y finalmente roja. En unos segundos nuestra luz cambió a verde y los dos carros salieron chirriando gomas y dejando una estela de humo. El Camaro se adelantó al pasarnos por al lado. Desde el espejo del lado del chofer pude ver las luces de los frenos de los dos carros mientras concluían la carrera a una cuadra de distancia.

—El Camaro ganó —dije.

—Quisiera poder verlo de cerca —dijo Mickey.

A toda velocidad

—Es posible que puedas. Todo el mundo va a dar al aparcamiento de *Burger Barn* más tarde o más temprano.

—¿Nosotros vamos para allá?

—Más tarde. Ahora solo quiero pasear un poco. Vamos a mantenernos en esta calle por un rato.

Capítulo tres

Con cada minuto que pasaba, el tráfico se hacía más denso. En la calle había una línea interminable de carros y en la acera, un millón de gente caminando para arriba y para abajo. Yo había paseado a pie por esa zona antes, y también como pasajero en el carro de mi hermano, pero ahora era diferente. Muy diferente.

Parados al semáforo, pisé el acelerador ligeramente.

A toda velocidad 17

—¿Crees que le puedes ganar? —preguntó Mickey.

—¿Ganar a quién?

Señaló para el vehículo que estaba a nuestro lado. Era una camioneta familiar con una señora de la edad de mi madre al timón.

La luz cambió y aceleré. El carro saltó y dejó a la camioneta detrás.

—¡Vamos bien! ¡Esta es tu primera victoria! —dijo Mickey, riendo.

—Eso no fue una carrera y yo no estaba compitiendo.

Llegamos a un semáforo con la luz roja.

—¡Párate en la curva! —gritó Mickey.

—¿Para qué?

—¡Vamos, hazlo!

Miré por el retrovisor. La camioneta no había podido alcanzarnos. Me pasé de senda.

—¿Puedes ver lo que yo veo?

Miré a mi alrededor y chequeé todos los espejos. Vi muchos carros, pero nada especial.

—Allí, justo en el semáforo, en la acera.

Nos acercamos a la intersección y pude ver lo que tenía a Mickey tan entusiasmado.

En la misma esquina, esperando a que cambiara la luz, estaban dos chicas de aproximadamente nuestra edad, a lo mejor un poquito mayores.

—Parece que van en la misma dirección que nosotros —dijo Mickey—. Podríamos ofrecernos a llevarlas.

—Creo que no debemos.

—Creo que alguien es un poco cobarde, o…

—Creo que uno de nosotros debe callarse la boca —dije interrumpiéndolo.

—¿En qué nos puede perjudicar si lo hacemos?

No tenia una respuesta a esa pregunta.

—Lo peor que puede pasar es que nos digan que no.

Mickey bajó la ventanilla y se dirigió a ellas:

—Hola, chicas.

A toda velocidad 19

Ni siquiera se voltearon a mirar. O no lo escucharon o lo estaban ignorando.

—¡Oye, preciosa! —gritó esta vez y las dos se voltearon.

Una de ellas era, de verdad, preciosa. Estaban arregladas y muy pintadas. Parecían listas para salir esa noche. Ambas tenían un refresco en la mano y una de ellas sostenía un cigarrillo, ¡qué asco!

—Chicas, ¿adónde quieren que las llevemos? —les preguntó Mickey, sacando medio cuerpo por la ventanilla.

La más bonita hizo una mueca como si hubiera probado algo horrible, levantó el brazo y lanzó la lata de refresco contra el carro. La lata se reventó contra el capó y el refresco se regó por todo el parabrisas.

Mickey se metió de un tiro en el carro para protegerse del golpe y se alejó de la ventanilla.

—¿Eso quiere decir que no? —preguntó.

La luz cambió, aceleré y salimos disparados de allí. Mickey se reía incontrolablemente.

—Yo no le veo la gracia. ¿Crees que eso es cómico? —le pedí explicaciones.

—Fue chistosísimo.

—¡Claro, porque no fue a tu carro al que le dieron con una lata!

—Vamos, ¿cuánto daño pudo haberle causado?

—La Coca Cola daña la pintura, ¿lo sabías?

—¡Qué importa! —dijo—. La semana que viene, después de recién pintado habría sido un problema. Pero ahora...

Tenía razón.

—Qué lástima que no funcionó, porque la mía era verdaderamente bonita.

—¿Qué quieres decir con "la mía"? —le pregunté.

—¿No es obvio que la más bonita iba a ser para mí?

Moví la cabeza con gesto de desaprobación.

—Mickey, algunas veces...

—Algunas veces ¿qué?

—Nada.

A toda velocidad 21

Cambié la velocidad y desaceleré hasta llegar a la siguiente luz. Era prácticamente imposible ir muy lejos o muy rápido sin que algo se atravesara en el camino y estaba tratando de ser extremadamente cuidadoso. No podía imaginarme nada peor que tener un accidente.

—Eso sí que es precioso —dijo Mickey.

Miré. Era obvio a lo que se refería. Casi al lado de nosotros estaba un Mustang, totalmente renovado, en condiciones óptimas. Acerqué mi carro poquito a poco para llegar justo a su lado. Al timón estaba un chica, mejor dicho, una mujer. Debía tener no menos de veinte años y estaba en tan buenas condiciones como el Mustang. Rubia, con gafas de sol en la cabeza. No podía ver qué ropa llevaba, pero tenía los hombros desnudos.

—Algo simplemente divino —dijo Mickey lo suficientemente alto para que ella lo pudiera escuchar a través de la ventanilla abierta. Ella volteó la cabeza y le sonrió.

—Una figura increíble...curvas perfectas... —continuaba Mickey—. Me encantan los modelos viejos. ¿De qué año es? —preguntó.

—Del sesenta y siete —dijo ella.

—¿Sesenta y siete? —Mickey se sorprendió—. Ah, quieres decir el automóvil. Eso no era a lo que yo me refería.

Yo quería que me tragara la tierra y me hundí en el asiento lo más que pude para que no me viera.

La mujer se echó a reír.

—Me parece que te llevo unos cuantos años —dijo—. Pero gracias por los piropos.

El carro de atrás tocó el claxon y me sobresalté. No había notado el cambio de luz. Cambié la velocidad y puse el carro en marcha.

—¿Lo oíste? —dijo Mickey—. Me dio las gracias por los piropos. Con un par de años más, quién sabe lo que hubiera podido suceder. Acércate de nuevo.

Puse la señal de izquierda, atravesé el tráfico contrario y entré en una gasolinera.

A toda velocidad

—¿Qué estás haciendo? —me exigió.

—Voy a echar gasolina —dije. Aparqué junto a la bomba y me bajé.

—¡Podemos echar gasolina más tarde! —gritó Mickey, saliendo del carro—. ¡Tengo que convencerla de que tengo dieciocho!

—¿Hablas de años o de cociente de inteligencia?

—¿Qué? —preguntó. No entendió lo que quise decir.

—Necesitamos la gasolina ahora —mentí. Todavía teníamos un cuarto de tanque, pero yo no quería seguir a esa mujer. Lo único que podía hacer él era el ridículo.

—Vamos, ¡todavía tenemos tiempo de alcanzarla!

—¿Cómo crees que lucirías empujando el carro? —le pregunté y comencé a bombear gasolina.

—Está bien. A lo mejor se me escapó de las manos la mujer de mis sueños —dijo suspirando.

—No te preocupes. Creo que podremos encontrarla.

—¿Tú crees?

—Seguro —dije, sin darle mucha importancia—. Es posible que ella también vaya a *Burger Barn*.

—¿Cómo lo sabes?

—¿Adónde crees que van a parar todos los que tienen carros buenos?

—Tienes razón —dijo, recuperando el ánimo.

—Y hasta te voy a permitir que me compres una hamburguesa.

—¿Y por qué tengo yo que pagarte la hamburguesa? —protestó.

—Porque yo estoy pagando por la gasolina —le dije.

Mickey miró la bomba. Los números continuaban rodando en ascenso.

—¿Entonces quieres pagar tú por la gasolina? —le pregunté.

—¿Qué tal si además de la hamburguesa te pago las papas fritas y el refresco?

Capítulo cuatro

—¡Esto es extraordinario! —dijo Mickey, casi sin poder creer lo que veía.

—No está mal —dije, tratando de actuar con naturalidad.

—¿No está mal? —dijo Mickey, señalando a todos los carros a su alrededor—. Esto debe de ser para ti como ir al cielo después de muerto.

—Bueno, es un poco más que bien —tuve que admitir.

El aparcamiento de *Burger Barn* estaba repleto de los mejores carros de la ciudad. Había Hondas, Corvettes, Mustangs y otros europeos como BMWs y Audis. Era como si todos los carros con los que yo había soñado en mi vida hubieran coincidido en el mismo lugar. Algunos tenían el capó abierto para mostrar los motores. Otros estaban encendidos y se podía oír la música de los radios. Mucha gente estaba sentada dentro y otros estaban parados fuera. Se podía ver alguna gente con bayetas, sacándoles brillo. También había grupos, principalmente de chicos, hablando del mismo tema: carros. Este era el lugar donde las mentes mecánicas iban para hablar sobre lo que les interesaba.

—Esto no es nada comparado con otras noches en las que he estado aquí.

—¿Lo dices en serio?

—Los carros más salvajes no llegan hasta entrada la noche.

—No lo puedo creer.

A toda velocidad   27

—A lo mejor le puedo decir a Andy que te invite a venir la próxima vez que me traiga.

—¿Crees que lo hará?

—Si prometes mantener la boca cerrada.

—Claro que puedo —dijo Mickey.

—¿Puedes?

—Bueno…puedo tratar de hacerlo.

Andy dijo una vez que el problema de Mickey era que tenia que aprender a callarse. No le llevé la contraria.

Me tomé el último buchito de la Coca Cola y tiré la lata en un latón de basura repleto de latas. Durante la semana este lugar está prácticamente desierto, pero los viernes y los sábados, especialmente si hay buen tiempo, es un hervidero.

—¿Y ahora qué? —preguntó Mickey.

Miré el reloj.

—Ahora lo que vamos a hacer es irnos.

—Quiero decir, ¿qué es lo que va a hacer esta gente? Se quedan así toda la noche o hacen algo?

—Sí que van a hacer algo.

Los choferes no iban solamente a lucir sus carros. No se trataba solamente de quién tenía el carro más bonito. El asunto era cuál carro era el mejor. Yo sabía que antes de que se acabara la noche, los carros comenzarían a irse, solos o en parejas, para reencontrarse en un lugar acordado. Entonces, se probaría la superioridad. Iban a echar carreras.

—¿Entonces, si nos quedamos aquí vamos a ver cómo corren? —preguntó Mickey.

—¿Aquí? —dije, sin creer que él pudiera preguntar semejante tontería.

—No quise decir en este aparcamiento —dijo—. Quise decir cerca de aquí.

—No es posible. ¿No has notado cuántos policías hay?

—Sólo vi pasar un par de patrulleros —contestó.

La realidad es que uno de ellos se paseó despacito por todo el aparcamiento.

—Puede que veas algunos haciendo rugir los motores o saliendo disparados en la luz, pero nada serio. Eso pasa muy lejos, al norte de aquí, en las afueras de la ciudad, en carreteras desiertas.

—¿Y van hasta allá?

—¡Por supuesto! ¿Crees que son tan estúpidos como para correr aquí? Si no te agarra la policía, te arriesgas a chocar contra algo o alguien.

—¿Y qué me dices de esos que vimos antes?

—Ellos solamente salieron disparados en la luz y luego aflojaron la velocidad. Eso no es una carrera, bueno, no una carrera de verdad.

—¿Y eso se puede hacer?

—Es posible que no, pero la gente lo hace de todas maneras.

—¿Tu hermano echa carreras?

No le contesté.

—Me imagino que tu silencio quiere decir que sí.

—Yo no te he dicho nada —le dije.

Andy nunca me lo admitiría, pero yo lo sabía. ¿Quién invierte tanto tiempo y dinero en un carro si no lo va a poner en acción de vez en cuando?

También conocía a mi hermano. Sabía que siempre trataría de ser cuidadoso y actuar responsablemente. De alguna manera, pensé que no tenía sentido que fuera cuidadoso y responsable para luego hacer cosas peligrosas e irresponsables. Creo que algo no funcionaba bien en mi cabeza. Ahora estaba pensando como mis padres.

—Me gustaría quedarme más tiempo —dijo Mickey.

Miré mi reloj otra vez. Sin duda era hora de irnos. No sería muy inteligente llegar tarde si quería que Andy me prestara el carro otra vez.

—Vámonos —le dije.

Caminamos a lo largo de todos los carros aparcados. Yo había aparcado en una esquina, al final. Primero, porque pensé que el frente estaría lleno y segunda, porque no me parecía correcto aparcar al frente. El carro no era mío y todavía no estaba terminado. Era a mi hermano al que le correspondía decidirlo.

—Te equivocaste —me dijo Mickey.

A toda velocidad 31

—¿En qué?

—Ella no está aquí.

—¿Quién es ella?

—La chica, digo, la mujer del Mustang. No está aquí.

—Seguro que viene más tarde. ¿Y qué le hubieras dicho de haber estado aquí?

—No le iba a decir nada, por lo menos al principio. Pienso que ella se me hubiera acercado a hablar.

Me reí.

—¿Pero en qué mundo tú vives?

Movió la cabeza de un lado a otro.

—Tú no entiendes a las mujeres.

—¡Ah! ¿Y tú sí?

—Exactamente. Y es por eso que somos un buen dúo. Tú tienes el carro y yo tengo la onda.

—El carro es algo real —dije, señalando para el lugar donde estaba aparcado—. Tu onda es algo que está por probar.

Capítulo cinco

Lentamente, pasamos por la calle principal. Ésta sería la última vez de la noche, antes de irnos a casa.

—¿Qué vas a hacer el resto de la noche? —me preguntó Mickey.

—No sé. A lo mejor veo una película. Puedes llamar a otra gente para ver qué van a hacer —le sugerí.

A toda velocidad   33

—Cualquier cosa que estén haciendo no es mejor que ésto. ¿Tú crees que tu hermano nos traiga?

—Ni hablar. Tiene una cita.

—Ah...yo creía que él iba a venir para acá.

—Él no viene siempre por aquí.

Llegamos a una luz roja y me detuve en la esquina. Un BMW negro se paró al lado de nosotros. La ventanilla del lado del pasajero se abrió.

—¿Qué tal te va, Jakey?

Dije entre dientes, "Hasta ahora me iba bien." De todas las personas del mundo, él era la última con la que me hubiera querido encontrar. Conocia a Luke desde el tercer grado. En aquel entonces era un imbécil, y cada año era un poco más imbécil. Creo que contribuia el hecho de que yo habia repetido el noveno grado.

—No te he visto últimamente, ¿sigues todavía en el noveno grado?

Sentí que me iba poniendo tenso.

—Qué bien que te veo paseando con todos tus amigos —le dije.

—¿Amigos? No hay nadie conmigo —arrugó el ceño al darse cuenta de que lo acababa de insultar.

—Y yo puedo ver que estás con uno de tus "amiguitos" —dijo—. Es una pena que no puedan estar juntos el próximo año cuando él pase para décimo grado y tú te quedes en el noveno. A lo mejor haces otros amiguitos. ¿Quién hubiera dicho que el noveno grado se iba a convertir en los tres años más largos de tu vida? ¿Eh?

—¿Por qué no te callas la boca? —dije sin poder aguantarme.

Antes de que me pudiera contestar, el semáforo cambió y me adelanté. Rápidamente me alcanzó y me pasó. El próximo semáforo se puso en rojo y Luke se detuvo en la esquina. Yo me detuve a su lado. Miró en mi dirección y dijo:

—No es difícil darse cuenta de quién tiene el mejor carro.

—No es difícil darse cuenta de que "tu papá" tiene el mejor carro —respondí.

A toda velocidad 35

—¿Es tu carro tan lento como tú? —me preguntó.

Tuve que contener las ganas de salir y partirle la cara de un puñetazo.

—¿Entendiste el chiste o tengo que explicártelo para que te rías? —preguntó.

—La única cosa risible aquí eres tú y ese pedazo de metal que crees que es un carro —a lo mejor esa era la única manera de callarlo—. Vamos a ver si tú o tu carro sirven para algo.

—¡Vamos! —dijo Mickey—. ¡Dale!

Agarré el timón con fuerza y pisé el acelerador. El motor rugió.

Delante, la calle estaba libre.

—Sube la música —dije.

—¿Qué? —dijo Mickey.

—¡Que subas el volumen del radio!

Mickey se inclinó y subió la música.

—¡Más alto!

La subió aún más. Mantuve mis ojos en el siguiente semáforo. Estaba verde… ¡no, habia cambiado a amarillo! Faltaban sólo unos segundos. Escuché cómo Luke hacía sonar su motor. No lo miré. Ahora, yo tenía los ojos fijos en la luz roja, esperando que cambiara. Liberé un poco el embrague, aceleré un poco y me aseguré de que estaba en primera.

—¡Vamos, vamos!

La luz cambió a verde. Solté el embrague y pisé el acelerador hasta el fondo. El carro dio un salto y sentí que la espalda se me pegaba al asiento. El chirrido de las gomas, el ruido del motor, la música y los gritos de Mickey me ensordecieron. El carro salió disparado de la intersección. Miré por el espejo lateral. Luke no había pasado la intersección y yo me alejaba cada vez más. Pisé el freno. La carrera había terminado.

—¡Lo hiciste polvo! —gritaba Mickey—. ¡No tuvo chance! ¡No pudo ni intentarlo!

En el momento que miré a Mickey, el BMW nos pasó rapidísimo por al lado.

—¡Qué imbécil! —grité—. La carrera ya se terminó y perdió sin discusión. Y el muy idiota sigue corriendo.

—¡Cuidado! —gritó Mickey.

En la siguiente intersección, el BMW se estrelló contra un carro plateado que estaba haciendo izquierda. Hubo una explosión. Había humo y pedazos de metal por todos lados.

—¡Vas a chocar! —me gritó Mickey.

Giré el timón con fuerza hacia la derecha, casi subiéndome en la acera y pasé justo por el lado de los dos carros chocados. El carro se sacudió y dio bandazos. Saqué el pie del acelerador y traté de frenar con cuidado para controlarlo.

—¡Mi madre, mi madre, mi madre! —dijo Mickey, dando una vuelta en el asiento para mirar hacia atrás.

Miré por el espejo retrovisor, pero no alcancé a ver las cosas claramente.

—¿Qué pasó? —grité.

—¡Le dio a un todoterreno…que estaba haciendo izquierda…le dio…le dio!

—¿Puedes ver si es grave?

—Es horrible, ¡horrible!

Detuve el carro al lado de la calle. El accidente estaba casi a una cuadra de distancia.

—Tenemos que regresar —dije.

—¡Lo que tenemos es que irnos de aquí! —dijo Mickey.

—Tenemos que regresar y saber si les ha pasado algo.

—¿No te das cuenta el problema que nos podemos buscar? ¿El problema que *te puedes* buscar?

Yo no había pensado en eso.

—Tenemos que irnos de aquí. No podemos hacer nada. Ya hay gente ayudándolos y llamando a la policía. Lo único que podemos hacer es buscarnos un problema.

Titubeé.

—¡Dale! ¡Vamos!

Comencé a mover el carro. Tenía un ojo en la carretera y otro en el espejo retrovisor tratando de ver el accidente. Vi luces rojas intermitentes en la distancia. Por un momento quité el pie del acelerador. Entonces lo pisé hasta el fondo, gané en velocidad e hice una izquierda.

Capítulo seis

Conducimos a casa sin decir una palabra. Me incliné y apagé el CD.

—Por poco —dijo Mickey.

—¿Por poco? ¡Chocaron!

—Digo por poco por nosotros. Y por poco no se cuenta.

—¿Qué dijiste? —le pregunté.

—Nada.

—No quiero oír ninguna tontería…

Me detuve al oír las sirenas. ¿Vendrían detrás de nosotros? Vi cómo se nos acercaban las luces. Saqué el pie del acelerador, a pesar de que no íbamos rápido. Las luces se acercaron más y más, y el sonido de la sirena se hizo más alto. El patrullero nos pasó por al lado. Posiblemente iba hacia el lugar del accidente. Respiré aliviado.

—No sé qué es lo que te preocupa —dijo Mickey—. No hiciste nada malo.

—¿Que no? Estaba echando carrera con él en el medio de la calle.

—Antes del accidente.

—Sí, como cinco segundos antes.

—Cinco segundos, cinco minutos o cinco meses...tú no estabas corriendo cuando sucedió el accidente, ¿no es cierto?

—No —tuve que admitir.

—Si él no hubiera sido un perfecto idiota y continuado corriendo, el accidente nunca hubiera ocurrido. Es su culpa...o la culpa del que se le metió delante...pero no es culpa tuya.

A toda velocidad 41

No supe qué contestarle. A lo mejor Mickey tenía razón. De todas formas, seguía pensando que debía regresar.

—Me parece que es ilegal abandonar el lugar de un accidente —dije.

—Pero tú no participaste en el accidente. Tú sólo le pasaste por al lado. Te aseguro que docenas y docenas de carros le pasaron por al lado en la otra dirección antes de que la policía llegara. ¿Piensas que todos ellos pararon?

—Estoy seguro de que no, pero ninguno de ellos tuvo casi que ver con el accidente —argumenté.

—"Casi" es la palabra clave. Tú no chocaste porque fuiste capaz de evitar el choque. Creo que te mereces una medalla por no estrellarte contra los dos carros.

De nuevo no supe qué contestarle. Tenía razón en lo que decía. O por lo menos, yo quería que tuviera razón.

Doblé en la calle de mi casa y me sentí seguro. Desaceleré y paré en frente al garaje. Mi hermano estaba allí parado y no parecía muy contento.

—¿Qué hora es? —le pregunté a Mickey.

—Dos minutos después de las diez.

—¡Qué mala pata! —dije entre dientes y me dirigí a Mickey—. Ni media palabra sobre lo que sucedió, ¿entendido?

—Creo que sí.

—No "creo." Seguro. Nada de nada.

—Sí. Seguro. Nada.

Salimos del carro.

—Tic, tac —dijo Andy, tocándose el reloj mientras se acercaba a nosotros.

—Lo siento —me disculpé.

— Lo vas a sentir más si llego tarde a recoger a Natalie. Puede enfurecerse si no estoy a tiempo.

—Lo siento —repetí.

Andy me miró como estudiándome.

—¿Qué pasa? —le pregunté.

—Eso es lo que yo quisiera saber.

—¿De qué?

—No dijiste nada de Natalie o de lo fácilmente que ella se pone furiosa o algo por el estilo.

—¿Por qué voy a decir…?

A toda velocidad 43

—Tú siempre tienes que decir algo de Natalie. ¿Por qué no has dicho nada? ¿Pasó algo?

—¡No pasó nada! —protesté.

—¿Le hiciste algo al carro? —comenzó a interrogarme—. ¿Rompiste algo, chocaste con algo?

—¡No choqué con nada! ¡Te lo aseguro!

—Y entonces ¿qué es eso? —me exigió, señalando al capó.

—¿Qué?

—Ahí mismo en el capó. ¿Es una abolladura?

Andy se acercó y tocó el capó en el lugar donde la lata de Coca Cola había golpeado.

—¡Y está todo pegajoso! ¿Por qué?

Miré a Mickey. Miraba para el suelo.

—Alguien dejó caer refresco ahí.

—¿Y no se te ocurrió lavarlo inmediatamente?

—Lo iba a hacer.

—Lo ibas, no. ¡Lo vas a hacer ahora mismo! ¿Sabes lo que la Coca Cola le puede hacer a la pintura?

—Sí, ya lo sé. Pero pensé que como lo vas a pintar la semana que viene…

—Se come la pintura de base y si no lo lavas, la pintura nueva no se adhiere bien. Trae un cubo con agua.

—Yo te ayudo —dijo Mickey—. Fue mi culpa.

—¿Fuiste tú el que dejó caer el refresco? —le preguntó Andy.

—No. No fui yo —dijo Mickey, haciendo un gesto con las manos para mantener a Andy alejado. No sé si tenía miedo de que mi hermano le diera un puñetazo o se estaba rindiendo de entrada.

—¿Y cómo es posible que un refresco pueda causar una abolladura?

La mente me daba vueltas tratando de encontrar una respuesta adecuada.

—¡Olvídalo! —dijo Andy—. ¡No lo quiero ni saber!

—Yo lo voy a arreglar, te lo juro.

—De que lo vas a arreglar, es seguro. Mañana a primera hora. El carro tiene que estar el lunes en el taller. Y tiene que estar completamente seco antes de que lo pinten.

A toda velocidad

—Lo arreglo esta noche si quieres.

—Esta noche lo necesito para salir con…¡ai, no! —dijo para sí.

Por un momento pensé que le había pasado algo. Entonces vi que llegaba el carro de Natalie.

—Qué mala está la cosa —dijo Andy—. Le voy a decir que el carro no arranca y que es por eso que estoy tarde. Cuando regrese, mejor que esté lavado y la abolladura arreglada, de lo contrario van a aparecer otras abolladuras y no precisamente en el capó del carro. ¿Me explico?

Lo entendí perfectamente.

Natalie salió del carro y tiró la puerta.

—¡Natalie! —dijo Andy mientras se le acercaba—. ¡Qué bella estás esta noche! Perdóname por estar tarde, pero tuve un pequeño problema con el carro.

—¡No quiero saber nada del carro! —chilló.

Natalie tiene una voz aguda y penetrante que suena como cuando pasan las uñas por una pizarra.

—A veces pienso que te importa más ese carro que yo —continuó la cantaleta.

—Pero ¡claro que no! —protestó Andy—. ¿No te dije ya que estás preciosa esta noche?

—Ah, ¿quieres decir que las demás noches estoy horrible?

—¡De ninguna manera! Tu siempre estás preciosa, pero hoy estás más preciosa que nunca.

Mientras tanto yo pensaba qué rayos mi hermano le veía a ésa, y de pronto me di cuenta. Allí estaba ella con sus pantalones apretados, tacones altos y tremendo escote. Lo que yo no entendía era cómo mi hermano podía pensar que ninguna chica fuera lo suficientemente bonita como para aguantarle tanto.

Andy continuó alternando entre disculpas y halagos. Se metieron en el carro de ella y se fueron.

Capítulo siete

En cuanto se alejaron, encendí el carro y lo metí en el garaje. Me sentí aliviado de que no estuviera a la vista. Luego, tomé un cubo y le puse jabón líquido. Llené el cubo con agua de la manguera y lavé el capó con el agua jabonosa y una esponja.

—¿Piensas lavar todo el carro? —me preguntó Mickey.

—No. Solamente el capó.

—No me imaginé que iba a pasar la noche lavando un carro y reparando la carrocería —dijo Mickey.

—No va a tomar toda la noche. Y además, no se puede hacer nada hasta que no esté completamente seco.

—¿Vas a usar un secador de pelo? —bromeó Mickey.

—Algo parecido.

Fui hasta la mesa de las herramientas y agarré una lámpara de calor. La conecté y la acerqué al capó.

—¿Y ahora nos vamos a quedar parados aquí hasta que se seque? —preguntó Mickey.

—No. Ahora vamos a dar una vuelta en bicicleta —le contesté.

—¿A dónde?

—Al lugar del accidente —dije.

—¿Qué? Yo no creo que debamos regresar.

—¿Y por qué no? —pregunté.

—No sé por qué. Sólo sé que no debemos hacerlo.

A toda velocidad 49

—Tengo que saber qué fue lo que pasó. No tienes que venir si no quieres.

—No. Yo no quiero, pero eso no quiere decir que no voy a ir.

Agarré mi bicicleta.

—Puedes montar la bicicleta de mi hermana.

—¡Yo no voy a montar la bicicleta de tu hermana! ¿Y si alguien me ve? —protestó.

—Mickey, basta ya de actuar como si fueras el tipo más duro del mundo. Agarra la bicicleta y vámonos.

Pareció que iba a decir algo, pero se quedó callado. Sacamos las bicicletas del garaje y cerramos la inmensa puerta. Estaba contento de tener el carro alejado de los ojos de la gente.

Fuimos primero por la calle de mi casa y luego tomamos un atajo. El barrio estaba lleno de pasajes como ése que atraviesan las calles principales.

Mientras pedaleábamos, no podía parar de pensar en el accidente. ¿Habrá alguien herido? ¿Me habrá visto alguien?

¿Qué problemas me podría buscar si se enteraban de que Luke estaba corriendo conmigo antes de que ocurriera el accidente? Pedaleé con fuerza para poner todas esas ideas fuera de mi mente. La bicicleta cobró velocidad, pero los pensamientos se quedaron agarrados a mi cabeza con igual fuerza.

Nos detuvimos detrás de la gente alineada en la acera que miraba el accidente con interés. Me bajé de la bicicleta y la recosté a un poste de teléfono. Mickey hizo lo mismo con la bicicleta de mi hermana.

Cuando me acerqué, comprendí por qué había tanta gente. Los dos carros, el BMW negro y el todoterreno plateado, parecían haberse fundido en una sola pieza amorfa. Si no hubiera sido por la diferencia de color, no se hubiera podido decir dónde empezaba uno y dónde terminaba el otro.

Había vehículos de rescate por toda la calle: tres carros patrulleros y un par de ambulancias, cinco…¡no! seis remolques y un camión de bomberos. Todos tenían las luces rojas intermitentes dando

A toda velocidad 51

vueltas, bañando la escena como en una fiesta disco.

Un bombero estaba limpiando con una manguera la gasolina o el aceite que pudiera haberse derramado en la calle. Otro estaba barriendo pedazos de metal. Dos policías con chalecos reflectores estaban dirigiendo el tráfico. Solamente había una senda abierta y había una larga línea de carros de varias cuadras y los choferes pasaban lentamente para poder ver qué había ocurrido.

—Parece que el accidente fue horrible —le dijo Mickey a una señora que estaba en la multitud—. ¿Hubo algún herido?

—Los dos están heridos —dijo—. Una ambulancia ya se llevó al chofer del carro negro.

—¿Cómo estaba? —pregunté ansiosamente.

—Mal. No se movía.

—¿Cree que estaba muerto?

—Si hubiera estado muerto no se lo hubieran llevado en una ambulancia con luces y sirena.

—¡Gracias a Dios! —dije.

—Por supuesto, eso no quiere decir mucho. ¡Quién sabe cómo esté ahora! —se volteó y me miró—. Parecía de tu edad. ¿Lo conoces?

—¡No! —dije asustado—. Sólo estaba preocupado. ¿Usted sabe si hubo muchas personas en el accidente?

—Tres. El chico del BMW y una pareja en el todoterreno.

—Me imagino que no están gravemente heridos, porque las ambulacias están aquí todavía —dijo Mickey.

—Las ambulancias están aquí todavía porque no han podido sacar a la mujer —dijo la señora—. Se ha quedado atrapada.

—¿Atrapada?

—Sí. Los bomberos tienen que cortar el carro. Tendrán que usar ese aparato al que le llaman las mandíbulas de la vida.

—¿Las qué? —preguntó Mickey.

—Mira, mira —dijo la señora.

En ese mismo momento, los bomberos acercaron una máquina grandísima al todoterreno que comenzó a cortar el techo. Parecía una mezcla de un serrucho eléctrico y un abridor de latas. Cortó el metal y el policía haló hacia atrás un pedazo de techo. Apagaron la máquina y dos paramédicos se apuraron en sacar a la mujer que estaba en el asiento de al lado del chofer. Tenía parte de la cabeza vendada y algo raro en una de las piernas, como si estuviera en un mal ángulo.

—Parece que está bien, creo —dijo Mickey.

—Allí fue donde le dio el BMW. Justo en el lado del pasajero, en la puerta.

Un hombre, también con la cabeza vendada, corrió a su lado mientras la ponían en una camilla.

—No estoy segura —dijo la señora—. Pero parece que está embarazada.

La horrible sensación que tenía en el estómago empeoró.

Un señor que estaba delante de nosotros dio media vuelta y dijo:

—Dicen que el chico del BMW estaba echando carrera.

—¡Qué horror! Una pareja sale de cenar, manejando con cuidado, sin meterse con nadie y le pasa ésto.

—¿Me pregunto qué le pasó al otro carro? —dijo el hombre.

—¿Qué otro carro? —preguntó la mujer.

—Con el que estaba echando carreras el BMW.

—¿Usted vio otro carro? —preguntó.

El corazón se me quería salir por la boca.

—No. Pero me imagino que la gente no echa carreras sola, ¿no?

Salí de allí dando tumbos. Mickey me siguió.

—¿Te sientes mal? —me preguntó.

Le contesté que no con un movimiento de cabeza.

—Parece —dijo—. Estás más blanco que un fantasma.

—Vámonos ahora mismo.

Capítulo ocho

Me senté de un salto, con el corazón latiéndome a toda prisa. Miré a mi alrededor. Estaba en mi cama. No estaba oscuro, lo que significaba que era de día.

Mi hermano estaba en su cama al otro lado de la habitación. Seguro que había llegado tarde. Estuve despierto hasta pasadas las tres de la madrugada, porque no podía parar de pensar en el accidente.

Cuando al fin pude cerrar los ojos, mi hermano no había llegado. Me imagino que caí dormido como un tronco, porque no lo oí llegar. Ahora roncaba suavemente y tenía una sonrisa en la cara. Siempre que salía con Natalie se despertaba con una sonrisa.

Yo estaba completamente despierto. La escena del accidente, el metal retorcido de los carros, la policía, los bomberos, las ambulancias, todo parecía un sueño. Una pesadilla. Tenía que averiguar más sobre el accidente.

Me levanté y salí de la habitación sin hacer ruido. Toda la casa estaba en silencio. Mientras bajaba las escaleras podía escuchar el tic tac del reloj de la chimenea. Eran unos minutos pasadas las 8:00. Demasiado temprano para estar ya despierto un sábado por la mañana. Todo el mundo estaba, obviamente, durmiendo, y mi hermano lo estaría por varias horas más.

Abrí la puerta de la casa lo suficiente como para alcanzar el periódico del buzón, pero lo menos posible para que no me vieran en calzoncillos.

Agarré el periódico y cerré la puerta. Me puse el periódico debajo del brazo. Quería, sobre todo, leer los titulares, pero temía hacerlo por miedo a lo que me fuera a encontrar.

Me senté en la mesa de la cocina, respiré profundamente y abrí el periódico. En la primera página había una foto inmensa de unos hombres que decía "La paz en el Medio Oriente se nos va entre las manos." ¿Cómo es posible que algo que no exista se pueda ir?

Fue un alivio ver que en la primera página no había nada en absoluto del accidente. Pasé la página y leí los títulos de las noticias. Nada. Rápidamente miré cada una de las páginas de la primera sección. Nada. Separé las páginas de deportes y los clasificados. No creo que apareciera en esas secciones. La última sección era "Mi ciudad." Es posible que allí estuviera. Lentamente revisé todas las noticias, página por página. No decía nada sobre el accidente. ¿Cómo era posible? Volví a revisar la sección de atrás para delante y de delante para atrás. Nada.

No supe si debía sentirme aliviado o decepcionado. Sentí una mezcla de las dos cosas. Era como si el accidente nunca hubiera ocurrido, lo que no era cierto. A lo mejor no fue tan grande o tan grave como yo creía y yo estaba, simplemente, exagerando.

Entonces pensé en otra cosa. El accidente ocurrió muy tarde en la noche. A lo mejor el periódico ya había salido y no les había dado tiempo de incluir la noticia del accidente. Eso quería decir que no iba a ver nada en los periódicos hasta el domingo.

Sonó el teléfono. Di un salto en la silla. ¿Quién podía estar llamando tan temprano? ¿Y si era la policía? Alguien pudo haberme visto corriendo, tomado el número de mi placa, y ahora la policía estaba llamando. El teléfono sonó otra vez. ¿La policía llama por teléfono o

A toda velocidad 59

llama a la puerta? El teléfono sonó por tercera vez.

Aunque fuera la policía, tenía que contestar el teléfono antes de que despertara a todo el mundo.

—Ho-hola —dije tartamudeando.

—¿Eres tú, Jake?

—Sí.

—Soy yo, Mickey.

—Mickey, ¿qué haces llamándome tan temprano?

—¿Lo viste?

—¿Qué cosa? —le pregunté ansiosamente.

—Las noticias. Dieron el accidente por la televisión.

—¿Hablas en serio?

—Sí. En las noticias de última hora. Yo no podía dormir. Estaba mirando televisión y de pronto interrumpieron la película para dar la noticia.

—¿Qué dijeron?

—Hablaron sobre los heridos. Tres personas fueron heridas, pero solamente dos están en el hospital.

Me llené los pulmones de aire.

—Luke y...

—La mujer. La embarazada. El reportero dijo que tuvieron que dejarla en observación porque temían que perdiera el bebé por el impacto del accidente.

Perdí la fuerza en las piernas. Creo que me hubiera caído de no estar sentado.

—¿Qué más dijeron?

—Entrevistaron a un policía y dijo que estaban buscando otro carro —dijo Mickey.

Ahora estaba seguro de que me iba a caer.

—Pero hay buenas noticias —dijo Mickey.

—¿Cómo puede haber algo bueno en todo esto?

—El carro que buscan es blanco.

—¿Blanco? El carro de mi hermano no es blanco.

—Lo sé. Yo creo que la pintura de base blanca es lo que los hace pensar así. Y el lunes, después de la pintura nueva, el carro va a quedar completamente rojo.

A toda velocidad 61

—Eso es cierto —dije.

—¿No es eso bueno? —preguntó Mickey

—Sí, me imagino. Pero ¿y si alguien vio el número de la matrícula?

—¿Hay un policía tocando la puerta? —preguntó Mickey.

—No. No lo creo... —dije, y miré por la ventana.

—¿Crees o no crees? —me dijo Mickey, interrumpiéndome—. Si alguien hubiera anotado el número de tu matrícula, ya tuvieras un enjambre de policías en la puerta de tu casa.

—Creo que tienes razón —dije—. Además, yo no hice nada malo, realmente, ¿cierto?

—Me temo que no tienes razón ahora y que estuviste en lo cierto anoche.

—¿Qué es lo que quieres decir?

—Los policías dicen que los motoristas que ven un accidente deben detenerse y declarar. Especialmente si ellos tienen que ver con el accidente, en alguna forma.

—Tienen que ver —dije—. Y nosotros tuvimos que ver. ¿Tú crees que yo deba… llamar?

—¡Sí, si fueras un idiota! —me gritó—. Nadie te vio. No saben quién eres. No hagas nada.

—Creo que tienes razón —dije.

—Yo sé que tengo razón. Si llamas podemos buscarnos un problema.

No le contesté. De todas formas, me parecía que algo no estaba bien. Había dos personas en el hospital y una de ellas era una mujer embarazada que podía perder su hijo. Y aunque yo no choqué con el otro carro, fue mi culpa. O algo así. Posiblemente. No estaba seguro.

—Entonces. En boca cerrada no entran moscas. ¿De acuerdo? —me preguntó Mickey.

—De acuerdo.

—Bueno, ¿quieres hacer algo hoy? —me preguntó muy contento, como si de pronto se hubiera olvidado completamente de lo que estábamos hablando.

—No sé —dije—. Tengo muchas cosas que hacer. Nos vemos mañana o el lunes en la escuela.

Capítulo nueve

—¿Qué te pasa a ti? —preguntó Andy.

—¿A mí? ¿Por qué lo preguntas?

—¿Está enfermo? ¿Te sientes mal?

—No estoy enfermo.

—Entonces, ¿cómo es que no saliste anoche?

—Yo no salgo todas las noches.

—Tú sales casi todos los sábados por la noche.

A toda velocidad   65

—Sí, pero no siempre.

—Y para colmo te has pasado el día *mapeando* la casa —continuó.

—Yo ni sé lo que quiere decir *mapeando*, y si lo supiera...de todas formas no lo hice, así que cállate la boca —le dije.

Movió la cabeza lentamente de un lado a otro.

—A veces no puedo creer que seas mi hermano. Tengo que hablar seriamente con mami. O te diste un golpe en la cabeza cuando eras chiquito o te adoptaron. No es posible que seamos familia.

—¿Por qué no te callas la boca de una vez? Voy a tener que...

—¿Vas a qué? —dijo, y empezó a saltar a mi alrededor como un boxeador, esquivando y tirando golpes—. Estarás creciendo, pero yo siempre voy a ser tu hermano mayor.

—Tengo que rectificarte. Tú siempre serás mi hermano mayor, pero en un par de años, yo seré más grande que tú y tendré que mirar para abajo cuando hablemos.

—A propósito de mirar para abajo, ¿dónde está el ratón?

Mi hermano le llama "el ratón" a Mickey.

—Posiblemente esté en su casa —le contesté.

—Así que el ratón está en su casa. Creo que suena a una canción de rap o a un cuento de Doctor Seuss. Algo así como "¿Está el ratón en su casa comiendo calabaza? No, no. No quiero ver un ratón en ningún rincón." Sería un éxito de venta. Cualquier cretino puede escribir un libro para niños.

—Si hace falta ser cretino para eso, puedes llegar a ser un gran escritor —dije.

—Bueno, hablando en serio, ¿por qué te has quedado en casa todo el día?

—Estaba estudiando —mentí.

—Estudiando qué, ¿la televisión y los periódicos? ¿Y desde cuándo a ti

A toda velocidad

te interesa otra cosa que no sean las secciones de los cómics y los deportes? —dijo extrañado, señalando para el periódico que estaba esparcido a mis pies.

—Yo también leo otras partes del periódico —argumenté—. Yo no soy el único que mira las fotos de las chicas en la sección *Sunshine Girl* de la página 3.

—Ésa es la mejor parte de todo el periódico. Lo entenderías si salieras con "Minnie" en lugar de con "Mickey" —dijo Andy.

Traté de no reírme, pero no pude evitarlo. Este tipo es chistoso. Para ser un hermano mayor, no está mal.

—¿Sabes una cosa? No me importaría tu amistad con el ratón si él aprendiera a callarse de vez en cuando —dijo mi hermano—. No quisiera tener que confiarle un secreto a ése.

Sentí un escalofrío.

—¡Qué pena lo que le pasó a ese chico!

—¿Quién? —dije con recelo.

—El que iba en el carro…la noticia del periódico, ahí mismo…¿la leíste, no?

Dudé por un momento. ¿Qué debía decir?

—El que chocó el BMW de su papá. Tú estabas aquí cuando dieron las noticias de las 6, ¿recuerdas?

—Ah, sí. Es verdad.

—¿Cómo se llamaba?

—Creo que Luke.

—Tiene dieciséis, como tú. ¿Lo conoces?

Dudé otra vez.

—Dijeron que va a tu misma escuela.

—Está en un grado más adelantado —dije.

—Entonces lo conoces.

—Sí. Estuvimos en la misma clase.

—Me pareció conocido el nombre. ¿Estuvo aquí alguna vez?

—Hace tiempo. Hace mucho tiempo. Cuando estábamos en tercer o cuarto grado —acepté. En aquella época éramos amigos. Bueno, creía yo.

A toda velocidad 69

—¿Qué dijo el periódico? —preguntó Andy.

—¿Por qué estás tan interesado?

Andy levantó los hombros.

—Tiene que ver con carros. ¿Y cómo es que a ti no te interesa?

—Sí me interesa. Pero no estoy obsesionado.

—Entonces, dime. ¿Qué leíste en el periódico?

—No dice mucho. Sólo dice que estaba echando carreras. Bueno, eso es lo que creen.

—Seguro que estaba corriendo. Mira la foto —dijo mientras recogía la página del suelo y apuntaba a la imagen.

Yo no necesitaba mirar la foto. La imagen estaba clara y nítidamente grabada en mi cabeza.

—Los carros no quedan así fusionados a no ser que vayan a mucha velocidad. Y no fue el todoterreno porque estaba haciendo una izquierda. El otro carro se fue. Eso es todo.

—¿El otro carro? —pregunté.

—Sí. Con el que estaba corriendo.

Traté de no mostrar ninguna expresión.

—Oí que la policía está buscando un carro blanco que vieron alejarse —hice una pausa—. ¿Qué pasa si lo agarran?

—Puede buscarse un gran problema —dijo Andy.

—Pero él no tuvo ningún accidente. Él no causó ningún accidente.

—¿Cómo lo sabes? —preguntó.

—Bueno, él no tuvo ningún accidente, porque sólo chocaron dos carros, ¿no? —pregunté.

—De todas maneras, él estaba echando carreras.

—¿Y si no estaba corriedo en ese momento?

—¿Qué quieres decir? —preguntó Andy confundido.

—Supón que ellos estuvieran corriendo antes del accidente. Más o menos dos cuadras antes. Y uno de los carros paró.

A toda velocidad 71

—¿Y el otro carro siguió corriendo? —preguntó mi hermano.

—Exactamente. ¿Qué le puede ocurrir al chico del carro blanco entonces?

—No estoy seguro. A lo mejor, nada. En realidad, no sé —dijo—. No puedo decir si, realmente, tuvo buena o mala suerte.

—Si no chocó, tuvo buena suerte —dije.

—O mala suerte por estar allí.

Tengo que admitir que yo sentía que había tenido más mala suerte que otra cosa.

—¿Has echado carreras alguna vez? —nunca le había hecho esa pregunta directamente.

Andy no me contestó. Pero hizo una mueca con la boca, parecía una sonrisa.

—Dime —insistí.

—Es mejor que esto quede entre nosotros —dijo, y bajó la voz.

—Entonces, ¿lo hiciste?

Asintió.

—Yo lo he hecho, pero nunca he sido tan estúpido de correr en plena calle, llena de gente y de policías. Ese amigo tuyo...

—¡Él no es mi amigo! —dije indignado.

—Ese tipo es un idiota. ¿Cómo crees que se puede vivir pensando que mataste a un niño?

—¿Un niño?

—Un bebé. El que estaba en el estómago de la mujer.

—¿Perdió el bebé? —perdí el habla. Había leído el artículo del periódico cuatro o cinco veces y había escuchado las noticias en la televisión y no habían dicho absolutamente nada de que ella hubiera perdido...

Hizo un gesto de no saber.

—No sé, pero si sucediera, cómo crees que puede vivir con eso en la conciencia... bueno, si no se muere. Dicen que está grave.

El periódico decía que estaba en la unidad de cuidados intensivos en estado crítico, pero estable.

Si Luke sobrevivía, ¿cómo iba a poder vivir con el remordimiento de haber matado a un bebé? Y sobre todo, ¿cómo iba yo a vivir? Tenía que averiguar bien lo que había pasado. Aunque fuera algo horrible, tenía que saberlo.

Capítulo diez

Caminé por el vestíbulo. No parecía un hospital con el suelo alfombrado, con tiendas y cafeterías. Tampoco olía como un hospital. Olía a café. Destapé mi vaso de café, un vaso de café que me habia costado dos dólares y setenta y cinco centavos, y tomé un sorbo. Calculé que cada sorbo costaría aproximadamente treinta y cinco centavos.

A toda velocidad

Miré a mi alrededor. El lugar me recordaba más a un complejo de tiendas que a un hospital. Creo que si no quedaba más remedio que ir a uno hospital, éste era uno de los mejores. No tenía la menor intención de verme en uno, pero no me quedaba otro remedio.

Iba hacia la escuela y de pronto me encontré caminando en esa dirección. Ya estaba allí, y ahora, ¿qué debía hacer?

Fui hasta "Información." Esperé mientras atendían a todas las personas delante de mí, preguntando por el número de las habitaciones y la forma de llegar. Llegó mi turno. Dudé.

—Pase. Pase usted primero —le dije a una viejecita que estaba detrás de mí.

—¡Gracias! —dijo adelántandose—. ¡Qué joven tan caballeroso! —le dijo a la señora que estaba detrás de la recepción.

Caballerosidad no era lo que me había hecho dejarla pasar, más bien miedo y confusión. ¿Qué era lo que yo tenía que decir o preguntar?

—¿En qué le puedo servir? —me preguntó la señora sentada detrás de la recepción.

Levanté la vista. Me tocaba a mí. Pensé que podía dejar pasar a alguien más, pero ¿otra vez? Me adelanté.

—Deseo obtener información —dije.

—Éste es el lugar apropiado. ¿Quieres saber algo sobre un paciente?

—Sí. Un paciente. Luke…Luke Johnson.

La señora buscó el nombre en la computadora.

—Aquí está —dijo—. Está en la habitación 2121. —Señaló un mapa plasticado que estaba frente a ella—. Aquí es donde estamos. Sigue por este pasillo, toma el elevador hasta el segundo piso. Luego, ve hacia la izquierda…

—No, gracias. No quiero visitarlo —dije interrumpiéndola.

—¿No? —me preguntó. Sonaba un poco contrariada.

A toda velocidad 77

—No —tenía que inventar una respuesta—. No quiero molestarlo si no se siente bien. Sólo quería saber cómo estaba.

—Me temo que no puedo darte esa información —dijo.

—Pero yo sí puedo —dijo la voz de un hombre detrás de mí.

Di media vuelta. Allí estaban un hombre y una mujer.

—Soy el tío de Luke —dijo el hombre—. Y ésta es su tía. ¿Eres amigo de él?

—Ah, sí.

—Te alegrará saber que está mucho mejor —dijo la señora.

—¡Qué bueno! —exclamé—. ¡Me alegra mucho saber que ya está bien!

Los dos se miraron.

—Creo que te adelantas un poco —dijo el hombre.

—Está mejor, pero todavía está en la unidad de cuidados intensivos —explicó la señora—. Por lo menos ya está consciente.

—¿Consciente? —pregunté.

—Quiero decir, despierto —explicó la señora—. Estuvo en coma.

—¡En coma!

Eso era algo muy grave.

—Sí. Tuvo lesiones serias en la cabeza —dijo la tía de Luke.

—Y según su mamá, que es mi hermana —dijo el hombre—, todavía no recuerda nada del accidente.

—¿No recuerda nada?

Eso podia significar que no se recordaba de mí.

—No —dijo el tío—. Bueno, en lugar de estar aquí conversando, ¿por qué no vamos a verlo a su habitación? Yo no recordaba el número pero escuché que es el 2121.

—Sí. La recepcionista me dio ese número, pero yo no quería subir.

—¿No? —preguntó la tía.

—No quiero causar ninguna molestia. Después de todo yo no soy de la familia —traté de dar una explicación.

A toda velocidad 79

—De ninguna manera. No molestarás a Luke. Es muy posible que esté durmiendo —dijo el tío—. Ésa es la forma en que el cerebro reacciona después de una lesión. Y mi hermana va a estar muy contenta de saber que Luke tiene tan buenos amigos. Estoy seguro de que no sólo no molestarás, sino que serás un aliento para todos.

— Bueno, gracias. No sé si deba ir.

¿Qué otra cosa podía hacer?

—Pero yo estoy seguro. Insisto en que vengas con nosotros.

Iba a decir algo, cuando la señora me tomó del brazo.

—Vamos, vamos —dijo.

Me sentí completamente indefenso, no podía resistirme. ¡En buena me había metido!

Mientras me llevaban por el pasillo, creí saber cómo se siente un prisionero cuando lo llevan a la silla eléctrica. A lo mejor podía escaparme, correr hacia la puerta principal o hacia los baños, pero no podía hacer nada. Sólo albergar la esperanza de que Luke estuviera dormido o de que yo estuviera en la parte del accidente que no podía recordar.

—Ya llegamos —dijo el tío—. El 2121.

Entramos, y la mamá de Luke, que reconocí después de varios años sin verla, saltó de la silla y se acercó para abrazarlos. Estaba llorando. Un hombre que estaba junto a la cama también se acercó y todos se saludaron y se dieron las manos.

Me sentí como un estúpido parado allí en la puerta. Posiblemente ése era el mejor momento para escurrirme.

—Trajimos a uno de los amigos de Luke —dijo el tío—. Éste es…

—¡Jake! —exclamó la mamá de Luke—. Hace muchos años que no te veía. ¡Qué gusto verte!

Dio media vuelta y se dirigió a su esposo.

—¿Te acuerdas de Jake?

—Creo que sí —dijo, pero su mirada me dijo que en realidad no se acordaba.

A toda velocidad 81

¿Por qué iba a acordarse? No había estado en su casa por lo menos en cinco o seis años e incluso en aquella época no iba con mucha frecuencia. Estaba seguro de que había cambiado bastante.

—¡Qué pena que Luke está dormido! —dijo su mamá—. Si hubieras llegado hace media hora lo hubieras encontrado despierto.

—¿Cómo está? —preguntó el tío de Luke.

—El brazo roto y la herida en la cara no son de gravedad —dijo la señora Johnson.

Miré a Luke. Tenía la cara herida y un brazo enyesado. A mí me parecía grave.

—Lo que nos preocupa es la lesión en la cabeza —continuó diciendo.

—Los daños en la cabeza son muy peligrosos —ratificó el tío de Luke—. ¿Cómo sigue?

—Un poquito mejor. Duerme la mayor parte del tiempo y habla muy despacio. Olvida algunas palabras y no recuerda casi nada del accidente, pero el médico dice que espera que se recupere completamente.

—¡Gracias a Dios! —dije.

Las palabras se escaparon de mi boca antes de que pudiera darme cuenta de lo que decía.

—Así también pensamos nosotros —dijo la mamá—. Qué bueno saber que piensas así. Muchas gracias por tu bondad y por venir a verlo.

En realidad no era la bondad lo que me había llevado al hospital, pero ¿qué podía yo decir en un momento como ése?

—El médico dice que, a medida que vaya mejorando, recobrará la memoria y podrá recordar lo que sucedió. ¡Tenemos tantas cosas que preguntarle! ¡Hay muchas cosas que no entendemos!

Yo podría responder a todas esas preguntas. Y también tenía varias preguntas sin respuestas. ¿Qué sucedería si Luke recordaba que yo era el que estaba echando carreras con él?

A toda velocidad

—Tú eres el único de sus amigos que ha venido —continuó diciendo la mamá.

—A lo mejor vienen esta noche, después de clases —dijo el señor Johnson.

Luego se volvió hacia mí y me preguntó:

—¿No fuiste hoy a la escuela?

—Eh…pensé que no importaría perder un par de clases —dije—. No sería un gran problema.

—Tienes razón —dijo la señora Johnson—. O un par de días. Desgraciadamente Luke va a perder mucho más que eso. Puede que pasen meses antes de que pueda volver a la escuela.

—Y hasta el resto del año —dijo el señor Johnson—. Yo creo que tenemos que verlo así. Antes del accidente, ya tenía dificultades en la escuela, ¿y ahora? —levantó los hombros con duda y desaliento—. Yo creo que va a perder el año.

Yo sabía que Luke no era el mejor estudiante del mundo, pero no tenía idea de que tenía problemas.

—Yo creo que es muy apresurado hacer conclusiones sobre el futuro o pensar de una manera tan negativa —arguyó la mamá—. Es posible que la escuela pueda ayudarlo y que nosotros podamos pagar un tutor, además de tomar notas de sus compañeros. Jake, ¿Luke y tú están en la misma clase?

Negué con la cabeza.

—No este año. Yo no estoy en su grado —y me sorprendí diciendo—. Yo estoy aún en noveno grado.

—No lo sabía —dijo el papá.

—Luke no habla mucho sobre la escuela. Típico adolescente —dijo la mamá.

—Es bueno saber que si tiene que repetir el grado, por lo menos tendrá un amigo en el mismo grado —dijo el papá.

Casi pregunto quién era ese amigo, cuando me di cuenta de que se referían a mí. Antes de que pudiera pensar en ninguna otra cosa, oí una voz carrasposa.

—Hola.

A toda velocidad 85

¡Era Luke! Estaba despierto. Todos corrieron junto a él. Le daban abrazos y besos y le hacían mil preguntas. Cuando habló, apenas se le escuchaba.

—Mira quién está aquí —dijo la mamá, apartándose para que me pudiera ver.

—¿Jake? —dijo con un hilo de voz.

—Sí. Hola Luke —dije, tragando en seco.

—¿Me viniste a ver?

—Quería saber cómo estabas.

Por un momento dudó, y por la mirada me pareció que no había entendido lo que le dije.

—Me voy a curar —entonces se dirigió a su mamá —. Me voy a curar, ¿verdad?

—Eso es lo que dice el doctor —le contestó, tomándolo del brazo—. Pronto vas a estar bien.

Luke afirmó con la cabeza muy lentamente.

—¿Todo el mundo va a estar bien, verdad?

—Todo el mundo. La señora del otro carro y su bebé estarán bien, también.

—¿Tuvo el niño? —dije, y en ese momento pensé que no debía haber dicho nada—. Leí en el periódico que estaba embarazada.

—Tenía nueve meses. El accidente le provocó el parto unos días antes de tiempo, pero ella y el bebé están bien— dijo el padre de Luke.

—Aunque no sé cómo esa pobre mujer va a cuidar del bebé con una pierna fracturada —dijo la mamá de Luke.

—No va a tener problemas —dijo el papá—. Su esposo la ayudará.

La señora Johnson se rió.

—Ahora recuerdo la gran ayuda que son algunos esposos.

—Creo que debo marcharme —dije.

—Muchas gracias por venir —dijo la mamá de Luke y me sorprendió con un abrazo—. Por favor, dile a todos sus amigos que Luke está bien y que vengan a visitarlo cuando quieran.

—Sí, señora. Se lo diré —dije y di media vuelta para salir.

—Jake —me llamó Luke.

A toda velocidad

Me detuve y me volteé hacia él.

—Gracias por venir.

—Por nada —dije bajito y salí de la habitación.

¿Cuán agradecidos estarían si supieran que era yo el que iba manejando el otro carro?

Capítulo once

Estaba nervioso. Miré el reloj. Faltaban tres minutos para que sonara la campana dando comienzo a las clases de la tarde. Pero no podía confiar en mi reloj. Nunca estaba sincronizado con el reloj de la escuela. A juzgar por la poca gente en los pasillos, la campana iba a sonar en cualquier momento.

No había sido una buena idea faltar por la mañana, especialmente cuando no tenía

A toda velocidad 89

una buena razón, pero era probable que yo pudiera interceptar la llamada a la casa reportando mi ausencia, antes de que mis padres lo hicieran.

Llegar tarde era peor, porque me las tenía que ver frente a frente con un maestro de carne y hueso y darle una explicación. En este caso, mi maestro de matemáticas. No era una de mis personas favoritas, y el sentimiento era recíproco. Si no hubiera sido porque era matemáticas, y no me podía dar el lujo de faltar, me hubiera ido directamente a la cafetería.

—¡Oye, Jake!

Di media vuelta. Era Mickey.

—¿Dónde estuviste metido toda la mañana?

—Fui al hospital —dije y seguí caminando.

—¿Al hospital? ¿Te pasó algo?

—No. No me pasó nada. Fui a ver a Luke.

—¿Por qué hiciste eso? —me exigió mientras me halaba por la camisa y me hacia dar media vuelta.

—Quería saber que estaba bien —dije zafándome sin detenerme—. Quería saber que todo el mundo estaba bien.

—Está bien, sólo que va a faltar a la escuela por un tiempo —dijo Mickey.

—¿Y cómo lo sabes? —le pregunté.

—Lo dijeron esta mañana en la reunión.

—¿Hubo una reunión esta mañana?

—Sí. Durante los dos primeros turnos.

Eso podía ser bueno para mí. Durante las reuniones, los maestros no tomaban la asistencia y no podrían saber si yo estaba en la escuela o no. Por lo menos los dos primeros turnos.

—¿Y mencionaron a Luke en la reunión? —pregunté.

—¿Mencionaron? Para eso fue la reunión. Para hablar de Luke.

—¡No te creo! ¿De verdad?

—Sí. Primero habló el director y luego habló un policía.

—¿Había un policía?

—Sí. Fue el que más habló. Y luego apagaron las luces y pasaron una película

A toda velocidad

de accidentes. Dijo que la mayoría son causados por exceso de velocidad o por echar carreras. ¡Debiste haber visto algunos de esos choques!

—Ya he visto suficiente —le dije.

Tenía la imagen del choque permanentemente en la cabeza y creo que estaría allí por largo tiempo.

—Eso es de lo único que la gente ha hablado en toda la mañana. Yo les dije que el carro de Luke lucía como uno de los de la película.

—¿Dijiste eso? —me detuve y di media vuelta.

—Yo dije que nosotros estuvimos allí y vimos el accidente.

—¿Por qué lo dijiste?

—No te preocupes, yo no dije nada de que nosotros estábamos en el otro...

—¡Cállate la boca! —le dije con furia.

Mickey miró a su alrededor.

—Nadie me puede escuchar.

—¡No hables más de eso! Ni ahora, ni aquí. No lo menciones más en lo absoluto. ¡Ya deja de ser estúpido!

—Ah, ¿y fue muy inteligente ir al hospital, eh?

—Yo tenía que saber qué pasaba. Eso es todo.

—Si hubieras estado aquí en la mañana, te hubieras enterado de todo lo que querías saber —me reprochó.

—¿Dijeron que la señora tuvo el bebé y que los dos están bien?

—No, de eso no hablaron, pero, la verdad, es una buena noticia.

—Sí, muy buena… —en eso sonó la campana—. ¡Me alegro, me alegro! Nos vemos en el sexto turno.

Me apresuré hasta el final del pasillo. Mi clase estaba arriba a la derecha. Subí las escaleras de dos en dos, abrí la puerta y corrí por el pasillo, deslizándome en la puerta del aula. La abrí lentamente, sin hacer ruido, y entré.

—Buenas noches, Jake —dijo el señor Sloan sarcásticamente. Qué bueno que por fin llegas.

—Pido disculpas —dije a la vez que la puerta se cerraba detrás de mí.

A toda velocidad

—¿Tienes un pase para entrar?

—No, pero apenas estoy tarde.

—Estás tarde por un minuto. La diferencia entre la una y la una y un minuto.

—¡Pero es sólo un minuto!

—Uno puede significar mucho. Por ejemplo, la diferencia entre sesenta y nueve y setenta es la diferencia entre aprobar y suspender —dijo, dio media vuelta y salió caminando.

Ésa fue mi calificación el año pasado y la que significó que no pasara de grado.

Era un mal maestro y una mala persona. Siempre le decía cosas horribles a los alumnos, incluyéndome a mí.

—Me imagino que esa diferencia no es tan grande como la que existe entre usted y un buen maestro —no me pude aguantar.

—¿Qué dijiste? —dijo, dando la vuelta de un salto.

Al momento me arrepentí de lo que había dicho, pero ya no podía hacer nada. Me había oído. Todos los que estaban sentados en la primera fila me oyeron. Algunos comenzaron a reírse.

—¿Qué fue lo que dijiste? —repitió.

—Nada —dije entre dientes.

—Si lo dijiste, por lo menos ten el valor de decírmelo en mi cara.

Respiré profundamente.

—Parece que usted puede oír mejor de lo que puede enseñar.

—¡Sal del aula! —gritó—. ¡Directo a la dirección! ¡Ahora mismo!

Me quedé mirándole a los ojos por un par de segundos. No valía la pena discutir, así que di media vuelta y salí.

Mientras caminaba por el pasillo, traté de imaginarme qué pasaría. Yo no me había portado mal en todo el año, así que no podían expulsarme. ¿Lo harían de todas maneras?

La dirección estaba llena de alumnos que esperaban pases para entrar a las aulas o para firmar la entrada o la salida. No tenía sentido que me pusiera en la fila, porque yo no iba a regresar al aula.

A toda velocidad

Me senté y esperé a que todo el mundo se hubiera ido. Me senté en un banco junto a la pared. Tenía todo el tiempo del mundo.

—Jake, ¿qué haces aquí?

Levanté la vista. Era la señorita Parsons, mi consejera. Era la única persona con la que no quería encontrarme. Tenía la esperanza de que ella ni se enterara de lo sucedido. Sabía que se sentiría muy desilusionada de mí.

—¿Cómo es que no estás en la clase de matemáticas? —me preguntó—. Y no parezcas sorprendido de que yo sé que debes estar en la clase de matemáticas. ¡Yo lo sé todo! —caminó alrededor del mostrador y se me acercó—. Como también sé que no estuviste en la reunión de esta mañana ni en los dos siguientes turnos de clase.

—Fui al hospital a ver a Luke.

—¿De veras? Me parece muy amable de tu parte.

Amabilidad no fue lo que me llevó hasta allí.

—Me parece una buena excusa por la ausencia de esta mañana. ¿Y por qué estás aquí ahora?

—Llegué tarde a la clase de matemáticas —dije, mirando para el suelo.

—¿Entonces por qué no estás en la línea para que te den un pase? —preguntó.

—Sucedieron otras cosas —confesé—. Cuando me dijo que fuera a buscar el pase, dijo algo más.

—Posiblemente una estupidez —habló entre dientes.

—¿Cómo? —pregunté.

—Algo que no debes oír. Entonces él dijo algo y qué más.

—Yo le contesté y me expulsó de la clase.

Movió la cabeza de arriba a abajo varias veces.

—Eso suena como una vieja historia. Una historia del año pasado. Este año no había sucedido ni una vez. ¿Qué es lo que está pasando?

A toda velocidad   97

—Nada.

—No suenas como si "nada" estuviera pasando y tampoco actúas como si "nada" estuviera pasando. Vamos a mi oficina —dijo.

La seguí. Salimos de la oficina del director y fuimos hasta la consejería. Me dijo que pasara a su pequeña oficina. Luego me hizo un gesto de que me sentara, mientras ella se sentaba detrás de su buró.

—Vamos a empezar por el principio. Tienes un problema. Un problema que te está haciendo sentir mal, ¿cierto?

Asentí, reacio.

—¿Quieres hablar? —me preguntó.

—Quisiera, pero no puedo.

—Te entiendo. ¿Y me pudieras decir por qué no puedes?

—Tampoco le puedo responder —dije.

—Yo sé que hay cosas sobre las que es difícil hablar. Debe de ser algo serio cuando te tiene tan preocupado.

—Es algo muy serio.

—¿Tiene que ver con lo que le pasó a Luke?

Abrí los ojos en total *shock*. ¿Cómo es posible que lo supiera? ¿Qué puede haber escuchado? ¿Habrá hablado con Mickey?

—A juzgar por tu reacción ¿he adivinado?

—¿Cómo lo supo? —pregunté.

—Bueno, me lo imaginé porque fuiste al hospital y porque pareces muy contrariado.

No dije nada. No supe qué contestar.

—No tienes que decirme nada —dijo—. Puedo darme cuenta de que tienes un gran problema. Parece que estás pensando qué hacer, tratando de tomar una decisión.

Otra vez asentí lentamente.

—Entiendo que no quieras hablar conmigo sobre el asunto, porque ya sabes lo que vas a hacer.

—¿Yo?

—Sí —se levantó, caminó alrededor de la mesa y se sentó en una esquinita—. Jake, yo te conozco y sé que eres bueno. Es por eso que el año pasado salí en tu defensa. Y es por eso que sé que cualquier cosa que sea, la resolverás solo.

—¿Usted cree? —pregunté sorprendido.

—Por supuesto que sí. Claro, si sabes qué es lo correcto en este caso. ¿Jake, sabes lo que tienes que hacer? —preguntó.

—Sí, lo sé.

—¿Es algo difícil?

Dije que sí con la cabeza.

—Eso es lo peor. Pero en momentos como éste es cuando se prueba el carácter de una persona. Todos pueden hacer lo correcto si es fácil o no les cuesta nada.

No quería ni pensar en lo que me podía pasar.

—¿Hay algo que pueda hacer para ayudarte? —me preguntó.

—Creo que sí —dije—. ¿Me puede dejar solo en su oficina un rato para poder pensar?

—Seguro que sí —se levantó y se dirigió a la puerta—. En lo que piensas, voy a tratar de resolver el problema que tienes en la clase de matemáticas.

Cerró la puerta y se fue.

Hubiera querido poder hablar con ella, pero sabía que no era posible. Con la única persona con la que podía hablar era Mickey y no era de mucha ayuda.

Por una parte, los accidentados iban a salir bien y nunca se sabría lo que yo había hecho. La mamá de Luke dijo muchas cosas buenas de mí por haber ido al hospital y la señorita Parson pensaba que yo había sido muy atento en visitar a Luke. Qué lejos estaban de saber la verdad. Y no la sabrían, a no ser que Luke recobrara la memoria o que Mickey hablara más de la cuenta.

Respiré profundamente. Sabía perfectamente lo que debía hacer. Lo que era correcto.

Volví a respirar y me incliné sobre el buró de la señorita Parson para alcanzar el teléfono. Marqué el número. Comenzó a sonar el timbre.

—Emergencias —dijo una voz pausadamente.

No respondí.

—Ésta es la línea de emergencias —dijo, de nuevo, la voz.

—Por favor —dije—, quiero hablar con alguien. Quiero hablar con alguien sobre un accidente.

Watch for new titles in the Soundings series in Spanish!

¡Prepárate para los nuevos títulos de los Soundings en español!

El qué dirán
(Sticks and Stones)
Beth Goobie

978-1-55143-973-0
$9.95 · 112 pages

La verdad
(Truth)
Tanya Lloyd Kyi

978-1-55143-977-8
$9.95 · 112 pages

La guerra de las bandas
(Battle of the Bands)
K.L. Denman

978-1-55143-998-3
$9.95 · 112 pages

De nadie más
(Saving Grace)
Darlene Ryan

978-1-55143-969-3
$9.95 · 112 pages

Un trabajo sin futuro
(Dead-End Job)
Vicki Grant

978-1-55469-051-0
$9.95 · 112 pages

Revelación
(Exposure)
Patricia Murdoch

978-1-55469-053-4
$9.95 · 112 pages

El plan de Zee
(Zee's Way)
Kristin Butcher

978-1-55469-057-2
$9.95 · 112 pages